AF489076

"La guerra de las avispas es otra historia increíble."
All rights reserved.
No part of this book may be used or reproduced in any manner whatsoever without written permission except in the case of brief quotations embodied in critical articles and reviews.

First Edtion : Spanish/English/Portuguese

Ilustration: McGee. Inês Quintanilha
Story: Plasencia . Sira O' Coirbhin
Illustrations©2020by Inês Quintanilha

LA GUERRA DE LAS AVISPAS ES OTRA HISTORIA INCREÍBLE

A GUERRA DAS VESPAS E OUTRA HISTÓRIA SURPREENDENTE.

THE WASP WAR IS ANOTHER AMAZING STORY

LA GUERRA DE LAS AVISPAS

A GUERRA DAS VESPAS

THE WASP WAR

LA GUERRA DE LAS AVISPAS

Todo comenzó el lunes primero de febrero de 2018 , cuando los niño regresan de la escuela.

Cuando Angela, Sira y Loana volvían a sus respectivas casas , Sira (I) preguntó:

"¿Qué es esto?"

Angela, mirando la cara de Loana y donde Sira señaló, dijo:

"¿Creo que son pinturas rupestres?

"Loana miró y dijo:"¿Eso son   avispas con arcos y flechas?

"Angela y Sira dijeron a coro:"¡Sí! ¡Creo que si!"

Angela tomó fotos con su teléfono celular y Sira dijo:

"¿Vamos a investigarlo con internet   ?"

Angela y Loana, con la cabeza hicieron señal de SI!

Tudo começou na segunda-feira, primeiro de fevereiro de 2018, quando as crianças voltaram da escola.

Quando Angela, Sira e Loana voltaram para suas respectivas casas,

Sira (eu) perguntou:

- O que é isso?

Angela, olhando para o rosto de Loana e para onde Sira apontou, disse:

- Acho que são pinturas em cavernas?

Loana olhou para cima e disse:

- Essas vespas estão com arcos e flechas?

Angela e Sira choraram:

- Sim! Acho que sim!

Angela tirou fotos com o celular e Sira disse:

- Vamos investigar com a internet?

Angela e Loana, com a cabeça sinalizaram: - SIM!

All started on Monday, February first, 2018, when the children returned from school.

When Angela, Sira and Loana returned to their respective houses, Sira (I) asked:

"What is this?" Angela, looking at Loana's face and where Sira pointed, said:

"I think they are cave paintings?"

Loana looked up and said:

"Are those wasps with bows and arrows?"

Angela and Sira chorused:

"Yes! I think so!" Angela took photos with her cell phone, and Sira said:

"Shall we investigate it with the internet?"

Angela and Loana, with the head, signalled: "YES!".

Al día siguiente, todas se encontraron en el mismo lugar. Después de una larga conversación, ¡ya sabían que las avispas eran extraterrestres y que querían dominar la tierra!
Excluyendo al resto de los seres vivos ...

No dia seguinte, todos se encontraram no mesmo lugar. Depois de uma longa conversa, eles já sabiam que as vespas eram alienígenas e que queriam dominar a terra!
Excluindo o resto dos seres vivos ...

The next day, they all met in the same place. After a long conversation, they already knew that wasps were aliens and that they wanted to dominate the earth!
Excluding the rest of the living things ...

Tenían una cámara diminuta que habían puesto en la guarida de las avispas (que era una especie de montaña de cemento que había en el terraplén) y sabían que solo había 123 avispas biónicas y que necesitaban tener 100.00 avispas biónicas para conquistar la tierra . Por supuesto, a la reina era   que era cuadrafónica y que cada mes nacía una nueva avispa.

Eles tinham uma câmera minúscula que haviam colocado no covil das vespas (que era uma espécie de montanha de cimento que ficava no aterro) e sabiam que havia apenas 123 vespas biônicas e que precisavam ter 100,00 vespas biônicas para conquistar a terra. Naturalmente, a rainha era quadrafônica; uma nova vespa nasceu todos os meses.

They had a tiny camera that they had put in the wasp's lair (which was a kind of cement mountain that was on the embankment), and that there were only 123 bionic wasps and that they needed to have 100.00 bionic wasps to conquer the earth. Of course, the queen was quadraphonic, and a new wasp was born every month.

Con el tiempo, estaban investigando y preparándose.
Descubrieron que cuando comían algo dulce, podían saber qué pensaban las avispas.

Com o tempo, eles estavam investigando e se preparando.
Eles descobriram que quando comiam algo doce, podiam descobrir o que as vespas pensavam.

Over time, they were investigating and getting ready.
They found that when they ate something sweet, they could find out what wasps thought.

El diez de agosto, se estaban preparando para la Guerra de las Avispas, en la que harían cualquier cosa para salvar su planeta.

Em dez de agosto, eles estavam se preparando para a Guerra das Vespas, na qual fariam qualquer coisa para salvar seu planeta.

On August tenth, they were getting ready for the Wasp War, in which they would do anything to save their planet.

Las avispas se dieron cuenta de que los humanos conocían sus tácticas. Ambas partes lucharon vigorosamente, las avispas pican pero por suerte las humanas habían comprado trajes de apicultor así que cincelaron lanzas con arcos, arrojaron piedras, palos y pistolas de paintball.

As vespas perceberam que os humanos conheciam suas táticas. Ambos os lados lutaram vigorosamente, as vespas picam, mas felizmente os humanos compraram ternos de apicultor para cinzelar lanças com arcos, atirar pedras, paus e armas de paintball.

The wasps realized that humans knew their tactics. Both sides fought vigorously, the wasps sting but luckily the humans had bought beekeeper suits, so they chiselled spears with bows, threw stones, sticks and paintball guns.

Al final, las avispas tomaron un vehículo espacial e intentaron huir a otro país. Al descubrir el plan, las niñas las siguieron, viajaron por el mundo, conocieron personas e hicieron amigos que siguieron junto a ellas .

No final, as vespas pegaram um veículo espacial e tentaram fugir para outro país. Ao descobrir o plano, as meninas as seguiram, viajaram pelo mundo, conheceram pessoas e fizeram amigos que as seguiram.

In the end, the wasps took a space vehicle and tried to flee to another country. Upon discovering the plan, the girls followed them, travelled the world, met people, and made friends who followed them.

En su viaje para salvar el planeta, duró 2 años, pero cuando las avispas se detuvieron en Austria esta vez comenzó una confrontación real.
 Había 200 humanos contra 201 avispas.
Tomó nueve horas de lucha, pero al final los humanos ganaron.

Em sua jornada para salvar o planeta, durou 2 anos, mas quando as vespas pararam na Áustria desta vez, um verdadeiro confronto começou.
Haviam 200 humanos contra 201 vespas.
Foram nove horas de luta, mas no final os humanos venceram.

On their journey to save the planet, it lasted 2 years, but when the wasps stopped in Austria this time a real confrontation began: there were 200 humans against 201 wasps. It took nine hours of fighting, but in the end, the humans won.

Pero ese era solo el sueño de Sira. De hecho ...te garantizo que fue real !!!!
Bueno ... una pequeña parte ... Sí ... ¡habrá muchas más aventuras e historias de Sira!

Mas esse era apenas o sonho de Sira. Na verdade ...eu garanto que era real !!!!
Bem ... uma pequena parte ... Sim ... haverá muitas mais aventuras e histórias de Sira!

But that was just Sira's dream. In fact ...I guarantee it was real !!!!
Well ... a small part ... Yes ... there will be many more Sira's adventures and stories!

EL NINJA VS PAPÁ NÖEL

O NINJA VERSUS PAPAI NOEL.

THE NINJA VS SANTA KLAUS.

Hola, me llamo Lian y, desde que tenía 3 años, fui entrenado para ser un Ninja.

En este momento, tengo 13 años y el FBI me envió a ver a un criminal voraz muy astuto que engaña terriblemente a niños y adultos.

Olá, meu nome é Lian e, desde os 3 anos de idade, fui treinado para ser um Ninja.

No momento, tenho 13 anos e o FBI me enviou - me para ver um criminoso voraz e astuto que engana terrivelmente crianças e adultos.

Hello, my name is Lian and, since I was 3 years old, I was trained to be a Ninja.

Right now, I am 13 years old, and the FBI sent me to see a very cunning voracious criminal who terribly deceives children and adults.

Su nombre te sorprenderá:

Santa Claus.

Él es un gran criminal, te preguntarás por qué ...

Bueno, como sabes, Santa Claus entra a tu casa y deja regalos, pero también lleva consigo datos como identificación, contraseñas, joyas, etc. y descubre todo sobre TÍ y usa esos datos en tu contra.

Así es, te roba!

O nome dele o surpreenderá:

PAPAI NOEL.

Ele é um grande criminoso, você se perguntará por que ... Bem, como você sabe, o Papai Noel entra em sua casa e deixa presentes, mas ele também carrega informações como identificação, senhas, jóias, etc. e descubre tudo sobre você e usa esses dados contra você.

É isso mesmo, rouba você!

His name will surprise you:

SANTA KLAUS.

He is a great criminal, you will wonder why ... Well, as you know, Santa Klaus enters your house and leaves gifts. Still, he also carries information such as identification, passwords, jewellery, etc. and discover everything about you and use that data against you.

That's right, it robs you!

Hoy, primero de agosto, voy camino al Polo Norte con mis compañeros; Geri y Freki que son dos gatos, uno plateado y uno dorado.
Actualmente estoy en España porque soy australiano y no hay vuelos directos.

Hoje, primeiro de agosto, estou a caminho do Polo Norte com meus colegas; Geri e Freki, que são dois gatos, um prateado e outro dourado.
Atualmente, estou na Espanha porque sou australiano e não há voos diretos.

Today, August first, I am on my way to the North Pole with my colleagues; Geri and Freki who are two cats, one silver and one gold.
I am currently in Spain because I am Australian and there are no direct flights.

Hoy, diez de agosto, llegué al Polo Norte y crucé el centro de Groenlandia.

Vi luces y corté pinos.

Pensé que era Santa Claus, pero eran nativos de Groenlandia.Viaje por Groenlandia, pero no vi nada ... empiezo a tener mis dudas al respecto.

Decido esperar a la víspera de Navidad.

Hoje, dez de agosto, cheguei ao Polo Norte e atravessei o centro da Groenlândia.

Vi luzes e cortei pinheiros.

Eu pensei que era Papai Noel, mas eles eram nativos da Groenlândia.Viajei pela Groenlândia, mas não vi nada ... Começo a ter minhas dúvidas sobre isso.

Decido esperar pela véspera de Natal.

Today, August ten, I reached the North Pole and crossed the centre of Greenland.

I saw lights and cut pine trees.

I thought it was Santa Claus, but they were natives of Greenland. I travelled through Greenland, but I saw nothing ...

I begin to have my doubts about it.

I decide to wait for Christmas Eve.

Hasta ahora, no he visto más que cosas simples y aburrida como: Yetis, portales a otras dimensiones, osos mágicos, etc.

Bueno, fueron interesantes, pero no muy útiles, excepto los Yetis, porque todos saben que los yetis abren portales y ayudan a Santa Claus.

Até agora, não vi nada além de coisas simples e chatas, como: Yetis, portais para outras dimensões, ursos mágicos etc.

Bem, eles eram interessantes, mas não muito úteis, exceto os Yetis, porque todo mundo sabe que os Yetis abrem portais e ajudam o Papai Noel.

Until now, I have seen nothing but annoying and straightforward things like Yetis, portals to other dimensions, magic bears, etc.

Well, they were interesting, but not very useful, except for the Yetis, because everyone knows that Yetis open portals and help Santa Klaus.

Por cierto, hoy, cinco de septiembre, vi algunos elfos que, siendo estúpidos, me guiaron a la sede de Santa Claus donde se encuentra su fábrica.

Ah! Por cierto, si no lo sabes, son los Yetis los que hacen los juguetes, no los "elfos", son estúpidos y creen que los fabrican.

A propósito, hoje, cinco de setembro, vi alguns elfos que, sendo estúpidos, me levaram à sede do Papai Noel, onde está localizada sua fábrica.

Ah! A propósito, se você não sabe, são os Yetis que fazem os brinquedos, não os "elfos", eles são estúpidos e pensam que os fazem.

By the way, today, September five, I saw some elves who, being stupid, guided me to the headquarters of Santa Klaus where his factory is located.

Ah! By the way, if you don't know, it is the Yetis who make the toys, not the "elves", they are stupid, and they think they make them.

Bueno, acabo de instalar mi tienda de campaña a 8 metros de la fábrica de Santa Claus.

Logre infiltrarse con un disfraz de Yeti y Santa Claus dijo que iría con él la noche de Navidad.

Acabei de instalar minha barraca a 8 metros da fábrica do Papai Noel.

Eu consegui me esconder com uma fantasia de Yeti e o Papai Noel disse que ele iria com ele na noite de Natal.

Well, I just installed my tent 8 meters from the Santa Klaus factory.

I managed to sneak in a Yeti costume, and Santa Klaus said he would go with him on Christmas night.

28

Genial porque compré una cámara deportiva, el último modelo, para poder fotografiar el crimen y atraparlo en el acto.

Ótimo porque comprei uma câmera esportiva, o modelo mais recente, para poder fotografar o crime e capturá-lo no local.

Great because I bought a sports camera, the latest model, so I could photograph the crime and catch it on the spot.

Hoy, veintiuno de noviembre, me he hecho muy amigo
de un Yeti llamado Brad.

 Juntos, fotografiamos a Santa Claus, bien tengo un
aliado.

Al final después de tanto rollo y que tuviéramos Papá
Noel Brad se quedó con la empresa y de repartir regalos
cómo debería de haber hecho el anterior jefe .

-A los dos meses de llegar a mi casa me llegó una carta
... ¡Era de Brad ! Y decía :Hola Lian espero que estés
bien y tranquilo pero tengo un nuevo criminal hacique
nos vemos el día siete de julio en EEUU . A por cierto
hablo del CONEJO DE PASCUA PREPARATE PARA
Guerra de Festivos!

**Hoje, 21 de novembro, tornei-me muito amigo de um
Yeti chamado Brad.**

Juntos, fotografamos o Papai Noel, tenho um aliado.

**No final, depois de tantos problemas e ter o Papai
Noel, Brad ficou na empresa e distribuiu presentes
como o chefe anterior deveria ter feito.**

**- Dois meses depois de chegar em casa, uma carta
chegou ... Era de Brad! E ele disse: Olá Lian, espero
que você esteja bem e tranquio, mas eu tenho uma
nova invasão criminal e vejo você no dia 7 de julho
nos EUA. A propósito, eu estou falando sobre o
coelhinho da Páscoa se preparar para a Férias em
Guerra!**

Today, November 21st, I have become an excellent friend with a Yeti named Brad.
Together, we photographed Santa Claus, well I have an ally.
In the end, after so much trouble and having Santa Claus, Brad stayed with the company and distributed gifts as the previous boss should have done.
-Two months after arriving at my house, a letter came to me ... It was from Brad! And he said: Hi Lian, I hope you are well and calm, but I have a new criminal master, see you on July 7 in the US. By the way, I am talking about the EASTER RABBIT PREPARE FOR Holiday War!

Sira Corvin nació el 16 de marzo de 2008 en España (Islas Canarias). Siempre le gustó crear historias de cómics como ... Una vez en la escuela con su mejor amiga, creó un idioma para hablar en el aula sin que los maestros se dieran cuenta.

Pequeños momentos de gloria; en el quinto grado de la carrera por la paz, corrió tan fuerte como pudo y superó a todos; colocar en la junta escolar; en el cuarto año, participó en un concurso de ensayos y compitió contra niños y niñas de 13 años; terminó segundo; el texto se ganó el respeto de los primeros niños en la escuela. Ella también es portero de fútbol. Sira hizo un viaje de fin de año para convencer a los maestros, pero esto no fue hecho por Covid-19, por lo que escribió un libro.

Sira Corvin nasceu em 16 de março de 2008 na Espanha (Ilhas Canárias). ElA sempre gostou de criar estorias de quadrinhos como ... Uma vez na escola com seu melhor amigo, ela criou um idioma para falar em sala de aula sem que os professores percebessem.

Pequenos momento de glória; na quinta série da corrida pela paz, ela correu o máximo que pôde e superou todos, na quinta série ela se apresentou como representante dos alunos do conselho escolar e terminou em segundo, para se apresentar como delegada da classe ela não ganhou, mas conseguiu um lugar no conselho escolar; no quarto ano, ela entrou em um concurso de redação e competiu contra meninos e meninas de 13 anos; terminou em segundo; o texto ganhou o respeito dos primeiros meninos da escola . Ela também é goleiro de futebol. Sira marcou uma viagem de final de ano até convencer os professores, mas isso não foi feito pelo covid-19, Então ela escreveu um livro.

Sira Corvin was born on March 16, 2008, in Spain (Canary Islands). She always liked to create comic book stories like ... Once at school with her best friend, she created a language to speak in the classroom without the teachers noticing.

Tiny moments of glory; in the fifth grade of the race for peace, she ran as much as she could and outperformed everyone. In the fifth grade, she presented herself as a representative of the school board's students. She finished second, to give herself as a class delegate she didn't win, but got a place on the school board; in the fourth year, she entered an essay contest and competed against 13-year-old boys and girls; finished second; the text won the respect of the first boys at school. She is also a soccer goalkeeper. Sira made an end of the year trip to convince the teachers, but this was not done by Covid-19, so she wrote a book.